時ㄕˊ間ㄐㄧㄢ交ㄐㄧㄠ易ㄧˋ所ㄙㄨㄛˇ

作者 🕊 黃歆雅

每年的這一天，是多多的生日，也是小鎮上一年一度的嘉年華。商店都卯足了全力籌備盛典，特別的是，這一天是一年之中唯一一天玩具商店大特賣的日子。

多多希望媽媽可以買給她想要很久的小熊娃娃，

但是媽媽說什麼也不肯，

於是多多便在大街上哭鬧了起來。

多多一氣之下一個人跑到了家裡附近的公園。

這時多多發現公園旁樹林的深處有條小路，於是好奇的多多便朝著樹林裡走去。

小路的盡頭是一間造型
特殊的小屋， 看起來是
一間店鋪。

小屋門口種著高大的樹， 牆上掛著各式各樣大大小
小的時鐘， 店鋪裡有一位老爺爺。

多多好奇地走近， 這時老爺爺開了口：
「歡迎光臨時間交易所， 這裡什麼都
有、 什麼都賣， 只需要以一段美好的
時光作爲交換， 越是珍貴的時光， 就
有越高的價值。 小朋友， 請問你需要
什麼幫忙嗎？」

「我好想要好想要一個玩具，但是媽媽不肯買給我。」

「那麼你要與我交易嗎?我可以給你想要的玩具，但是你必須告訴我一段你生命中珍貴的時光作為交換，不過代價是與那段時光有關的其他人會失去關於這段時光的記憶。」老爺爺說。

多多聽完想都沒想就馬上答應了老爺爺的條件，多多心想:「只是要一段時間而已，那還不簡單!」

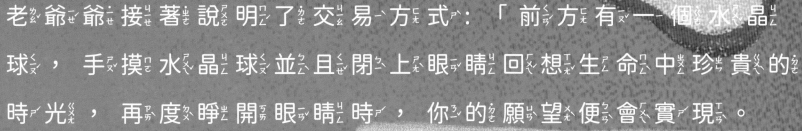

老爺爺接著說明了交易方式：「前方有一個水晶球，手摸水晶球並且閉上眼睛回想生命中珍貴的時光，再度睜開眼睛時，你的願望便會實現。

使用說明

手摸水晶球並且閉上眼睛

2.回想生命中珍貴的時光

再度睜開眼睛時，

你的願望便會實現

於ㄩˊ是ㄕˋ多ㄉㄨㄛ多ㄉㄨㄛ閉ㄅㄧˋ上ㄕㄤˋ眼ㄧㄢˇ睛ㄐㄧㄥ，

手ㄕㄡˇ放ㄈㄤˋ在ㄗㄞˋ水ㄕㄨㄟˇ晶ㄐㄧㄥ球ㄑㄧㄡˊ上ㄕㄤˋ回ㄏㄨㄟˊ想ㄒㄧㄤˇ著ㄓㄜ⋯⋯

想起第一次與媽媽郊遊的情景

多多與老爺爺交換了她內心想要很久的玩具。

這時魔法生效， 周圍出現了許多亮光， 回過
神來時玩具已在多多手中。

多多不可置信地拿著與老爺爺交換的玩具，開心地回到家。

看著手中的玩具，
多多左思右想著：
「哇！真是太不可思議了！
以後就沒有我得不到
的東西了。」

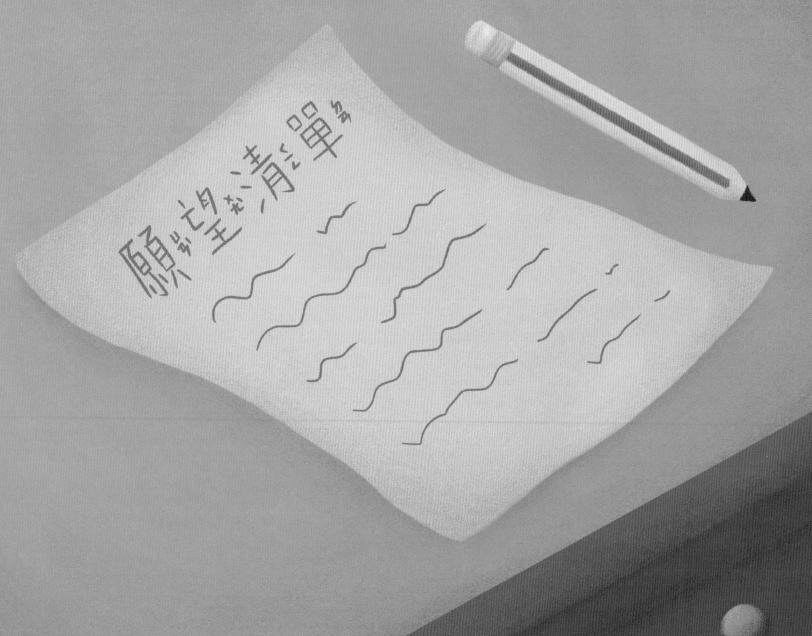

多多想要的東西實在是太多了，
於是她又拿起紙跟筆，寫下了心中想要的東西
打算明天再到樹林裡找老爺爺。

隔天，多多帶著願望清單
再次來到了老爺爺的時間交易所。

「小朋友，我昨天不是已經給了你想要的東西了嗎？你怎麼又來了呢？」老爺爺好奇的問。

「老爺爺，是這樣的，我昨天回家想了又想，又列了一張清單給您。」多多說完，從口袋拿出一張紙，上頭寫滿了各式各樣多多想要的東西。

這時四周出現了一道光芒，掛在店鋪牆上的時鐘快速轉動，時鐘的滴答聲在耳邊盤旋，多多隱約聽見老爺爺的聲音：「你要的東西已經在你房間裡了，回家看看吧！」

回ㄏㄨㄟ過ㄍㄨㄛ神ㄕㄣ來ㄌㄞ， 多ㄉㄨㄛ多ㄉㄨㄛ已ㄧ經ㄐㄧㄥ回ㄏㄨㄟ到ㄉㄠ房ㄈㄤ間ㄐㄧㄢ裡ㄌㄧ了ㄌㄜ， 彷ㄈㄤ佛ㄈㄨ剛ㄍㄤ剛ㄍㄤ發ㄈㄚ生ㄕㄥ的ㄉㄜ一ㄧ切ㄑㄧㄝ都ㄉㄡ只ㄓ是ㄕ夢ㄇㄥ。 多ㄉㄨㄛ多ㄉㄨㄛ立ㄌㄧ刻ㄎㄜ打ㄉㄚ開ㄎㄞ玩ㄨㄢ具ㄐㄩ箱ㄒㄧㄤ， 看ㄎㄢ見ㄐㄧㄢ裡ㄌㄧ頭ㄊㄡ裝ㄓㄨㄤ滿ㄇㄢ了ㄌㄜ玩ㄨㄢ具ㄐㄩ， 剛ㄍㄤ剛ㄍㄤ發ㄈㄚ生ㄕㄥ的ㄉㄜ一ㄧ切ㄑㄧㄝ都ㄉㄡ是ㄕ真ㄓㄣ的ㄉㄜ！

多多開心得都說不出話了，

她想馬上與媽媽分享這個神奇的經歷。

當多多衝下樓，想告訴媽媽這件事時，卻發現媽媽用陌生且疑惑的眼神看著她。

「小朋友，你怎麼會在我們家呢？」

多多沒想到居然會獲得這樣的反應，她心想：「難道⋯⋯媽媽不記得我了嗎？」

多多難過地衝出了家門，

決定去找老爺爺問清楚。

多多到了老爺爺的店鋪前哭喊著，老爺爺開了門，說：「我以為這就是你想要的，你以珍貴的時光跟我換到了想要的玩具，為什麼反悔了呢？」多多回答：「雖然我得到了想要的玩具，但是媽媽不記得我了，也不願意聽我說話，更沒有像以前一樣關心照顧我。我不要玩具了，老爺爺，玩具還給你吧，拜託把媽媽還給我！」

老爺爺笑了笑，告訴多多：

「生命中的每一分每一秒都是上天賜予的禮物，記得這次的教訓，以後要好好珍惜每個美好的時光。快回家吧！」

說完，老爺爺將手中
的沙漏一轉，便與店舖
一起消失在多多
眼前，一切也
恢復了原狀。

一眨眼的功夫， 多多已回到家中，
多多與媽媽相互擁抱，
從此更加珍惜彼此相處的每分每秒。

黃歆雅

新北三峽人,插畫工作與創作者,半路出家的插畫師。

畢業於台科大建築系,

目前就讀陽明交通大學應用藝術研究所。

由80%咖啡因+20%靈魂所組成,

狗狗是靈感來源。

給父母、老師、孩子們
的腦力激盪時間

一起來回答問題

完成任務吧！

美好的回憶　★

美好的回憶都值得被珍惜，你最印象深刻的回憶是什麼呢？

願望　★★

每個人的心裡都有願望清單，你的願望是什麼呢？

後悔（ㄏㄡˋ ㄏㄨㄟˇ） ★ ★ ★

多多（ㄉㄨㄛ ㄉㄨㄛ）完成（ㄨㄢˊ ㄔㄥˊ）了（ㄌㄜ˙）她（ㄊㄚ）的（ㄉㄜ˙）願望（ㄩㄢˋ ㄨㄤˋ），但（ㄉㄢˋ）她（ㄊㄚ）卻（ㄑㄩㄝˋ）覺得（ㄐㄩㄝˊ ㄉㄜ˙）很（ㄏㄣˇ）難過（ㄋㄢˊ ㄍㄨㄛˋ）。為（ㄨㄟˋ）什麼（ㄕㄣˊ ㄇㄜ˙）呢（ㄋㄜ˙）？

感想（ㄍㄢˇ ㄒㄧㄤˇ） ★ ★ ★

看（ㄎㄢˋ）完（ㄨㄢˊ）了（ㄌㄜ˙）這（ㄓㄜˋ）本（ㄅㄣˇ）書（ㄕㄨ），你（ㄋㄧˇ）有（ㄧㄡˇ）什（ㄕㄣˊ）麼（ㄇㄜ˙）感想（ㄍㄢˇ ㄒㄧㄤˇ）呢（ㄋㄜ˙）？
從（ㄘㄨㄥˊ）故事（ㄍㄨˋ ㄕˋ）中（ㄓㄨㄥ）你（ㄋㄧˇ）學（ㄒㄩㄝˊ）到（ㄉㄠˋ）了（ㄌㄜ˙）什麼（ㄕㄣˊ ㄇㄜ˙）呢（ㄋㄜ˙）？

一起來數數

在老爺爺的店舖裡有好多個時鐘，一起來數數看共有幾個時鐘吧！
老爺爺的桌上也放了好多東西，你們知道那些是什麼嗎？

時ㄕˊ間ㄐㄧㄢ交ㄐㄧㄠ易ㄧˋ所ㄙㄨㄛˇ

書　　　名　時間交易所
作　　　者　黃歆雅
繪　　　者　黃歆雅
封面設計　黃歆雅
出版發行　唯心科技有限公司
　　　　　地　　址：台北市松山區八德路三段247號五樓之一
　　　　　電　　話：0225794501
　　　　　傳　　真：0225794601
主　　　編　廖健宏
校對編輯　簡榆蓁
策畫編輯　廖健宏
出版日期　2022/01/22
國際書碼　978-986-06893-6-5
印刷裝訂　博創股份有限公司
定　　　價　500元
版　　　次　初版一刷
書　　　號　S002A-DHXY01
音訊編碼　0000000000030004